超级阅读空间

走进名人世界

知识达人 编著

成都地图出版社

图书在版编目（CIP）数据

走进名人世界 / 知识达人编著. — 成都 : 成都地
图出版社, 2016.8（2021.11 重印）
　　（超级阅读空间）
　　ISBN 978-7-5557-0487-4

　　Ⅰ. ①走… Ⅱ. ①知… Ⅲ. ①儿童故事—作品集—世
界 Ⅳ. ① I18

中国版本图书馆 CIP 数据核字（2016）第 214908 号

超级阅读空间—— 走进名人世界

CHAOJI YUEDU KONGJIAN—— ZOUJIN MINGREN SHIJIE

责任编辑：马红文

封面设计：纸上魔方

出版发行：成都地图出版社

地　　址：成都市龙泉驿区建设路 2 号

邮政编码：610100

电　　话：028 - 84884826（营销部）

传　　真：028 - 84884820

印　　刷：固安县云鼎印刷有限公司
　　（如发现印装质量问题，影响阅读，请与印刷厂商联系调换）

开　　本：710mm×1000mm　1/16

印　　张：8　　　　　　　字　　数：160 千字

版　　次：2016 年 8 月第 1 版　印　　次：2021 年 11 月第 4 次印刷

书　　号：ISBN 978-7-5557-0487-4

定　　价：38.00 元

目录

农学家徐光启 1

农民起义领袖陈胜 2

偏爱民间歌谣的屈原 4

古代数学家祖冲之 6

活字印刷术 8

曹冲称象 10

天文学家张衡 12

华佗拜师 14

精忠报国 16

小秀才吴承恩 18

无师自通的欧阳修 20

铁杵磨成针 22

笨鸟先飞的王阳明 24

七步成诗 26

木匠祖师鲁班 28

学神农尝百草 30

唐伯虎拜师学艺 32

热爱读书的孩子宋濂 34

司马光砸缸 36

地理学家徐霞客 38

"全能画家"沈周 40

甘受胯下之辱的韩信 42

"药王"孙思邈 44

诗人夏完淳 46

诗人白居易 48

心灵手巧的黄道婆 50

自立自强的范仲淹 52

孙康映雪读书 54

轮椅上的强者张海迪 56

让对手胆寒的郎平 58

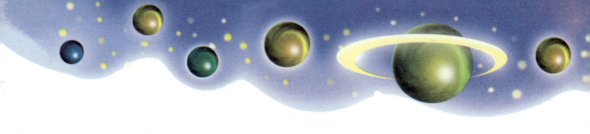

铁路工程师詹天佑 60

桥梁专家茅以升 62

从雨滴里悟出道理的竺可桢 64

郭沫若智斗老和尚 66

"数学疯子"陈景润 68

闻一多的故事 70

持之以恒的王羲之 72

改过自新的诗人陈子昂 74

爱玩虫子的赵修复 76

认真的葛洪 78

反抗封建礼教的孙中山 80

音乐家聂耳 82

热爱音乐的冼星海 84

少年鲁迅 86

古代气象学家沈括 88

爱讲故事的小冰心 90

乱弹琴的贝多芬 92

不信神灵的哥白尼 94

雕塑家罗丹 96

勤奋的李斯特 98

达尔文的童年故事 100

勤奋的居里夫人 102

发现吊灯秘密的伽利略 104

巴尔扎克童年的故事 106

学画鸡蛋的达·芬奇 108

"轮船之父"富尔顿 110

莎士比亚的童年故事 112

数学神童高斯 114

痴迷绘画的门采尔 116

莫泊桑拜师 118

圆飞天之梦的莱特兄弟 120

"小小计算器"安培 122

农学家徐光启

　　徐光启是中国明代著名的农学家，他编撰的《农政全书》记载了中国古代农业技术的发展情况，是研究我国农业发展历史的宝贵资料。

　　有一年夏天，邻居大伯在地里摘棉桃，徐光启觉得很奇怪：还没到秋天，怎么就采摘棉花了呢？他疑惑地问大伯，大伯告诉他："这叫摘心，不是摘棉。摘心是为了保住土壤里的养分，使棉花长得更好。否则，到了秋天就收不到更多的棉花了。"徐光启把大伯的话一字一句地记录下来，还向大伯学习摘心。

　　就这样，徐光启处处留心学习，并把学到的知识都写进了《农政全书》中。

农民起义领袖陈胜

　　陈胜出生在秦朝时期的阳城，他是中国历史上第一位农民起义领袖。陈胜小时候，秦朝统治者非常暴虐，老百姓苦不堪言。

　　那时，大批民工因为修长城活活累死，五花八门的苛捐杂税更是压得老百姓喘不过气来。除此以外，还有一种叫作"株连"的刑罚，让老百姓谈之色变：如果家族里有一个人犯了罪，那么整个家族的成员都会受到牵连，有的被砍头，有的被流放，还有的被抓去做苦役。

　　有一次，官老爷故意扣长工们的工钱，大家都很气愤，而官老爷傲慢地说："你们天生就是做牛做马的命，这叫'天理不可违'。我能给你们一口饭吃就已经不错了，知足吧。"

这时，知道官老爷底细的陈胜站出来气愤地说："你胡说！你要不是长期扣我们的工钱，能发财吗？"

官老爷听了，立即不说话了，从此再不敢随便扣长工们的工钱了。

通过这件事，陈胜终于明白了一个道理：主宰老百姓命运的不是什么老天爷，而是自己。

公元前209年，陈胜、吴广在蕲县大泽乡发动了中国历史上第一次大规模的农民起义战争，建立了"张楚政权"。

偏爱民间歌谣的屈原

　　屈原是战国时期的楚国人，一生都致力于诗歌创作。他创作的《离骚》《九章》《天问》《九歌》等诗歌，对后世的影响极其深远。

　　屈原出身于一个官宦世家，父亲是当时楚国很有学问的大臣。为了传承祖上的美誉，屈原很小的时候，就被父亲送到学堂去读书。

五岁时，聪明好学的屈原就已经能看懂各种书籍，并领悟其中的道理了。虽然在老师和父亲的眼里，他是一个好学的孩子，但他并不喜欢学堂里那种呆板的学习方式，因为那些著作读起来非常枯燥，一点儿乐趣也没有。

一个偶然的机会，屈原在街市上读到了那些朗朗上口又通俗易懂的民间歌谣。

然而，当时的达官显贵们却瞧不起这种来源于大众的诗歌，他们认为这些东西都是不入流的，登不上大雅之堂。

有一次，屈原偷偷把记载着民间歌谣的书带进了学堂，结果被老师狠狠批评了一顿。父亲知道后，大发雷霆，并当着屈原的面把那部书毁了。

虽然屈原当时认了错，但他始终认为民间歌谣是最好的诗歌形式。等父亲走后，屈原又重新捡回被损坏了的书，继续钻研。正是在这些民间歌谣的影响下，屈原开创了中国文学史上一种新的文学体裁——楚辞。

古代数学家祖冲之

    祖冲之是中国南北朝时期著名的数学家，出生在官宦之家，祖父曾担任过大匠卿的职务，负责管理全国的土木建筑，他的父亲同样也是朝廷的大臣。

    小时候，祖冲之总爱和祖父待在一起，看祖父绘制各种各样的工程草图，听祖父讲一些建筑常识和有趣的故事。

    一天，祖父在做一辆马车的时候遇到了一道难题：由于做轮子的模具坏了，祖父不得不用手来画圆，可怎么画也不满意，不是方就是扁。祖冲之看见了，立即找来一根绳子，他叫祖父固定好绳子的一端，自己则围着祖父跑了起来。不一会儿，一个规规矩矩的圆就画好了。

祖父看了感到非常惊讶，心想：自己搞了大半辈子的土木工程，居然没想到用这种办法来画圆。祖父抱着祖冲之亲了又亲，夸他是一个聪明的孩子。

祖冲之后来成为世界上第一个将圆周率准确推算到小数点后第七位的人，为世界科技的发展作出了巨大贡献。

活字印刷术

　　北宋，一位叫毕昇的人发明了活字印刷术，大大提高了出书的效率，从而使书籍普及成为可能。

　　毕昇小时候，跟着一位被称为"神雕王"的师傅学习雕刻。一天，"神雕王"受一位富商的委托，雕刻印刷《史记》，时间很紧。"神雕王"叫毕昇在旁边仔细揣摩。谁知毕昇看入了神，不小心碰了一下师父的胳膊。"神雕王"手一抖，把一个字给刻歪了，不得不取来木板重新雕刻。

　　晚上，毕昇去集市买木板，发现有个师傅正在埋头雕刻印章。毕昇想："为什么木版雕刻不能像刻章那样一个字一个字地刻呢？把需要的字刻好，排上去就行了。"想到这里，毕昇欣喜若狂，他赶紧回去告诉师父。

　　"神雕王"听了，决定试一试。他们取来陶土，将所需的字连夜刻了出来。没用多久，完整的《史记》就印好了。

　　毕昇发明的活字印刷术在印刷史上具有重要意义，为人类文明的传播作出了巨大贡献。

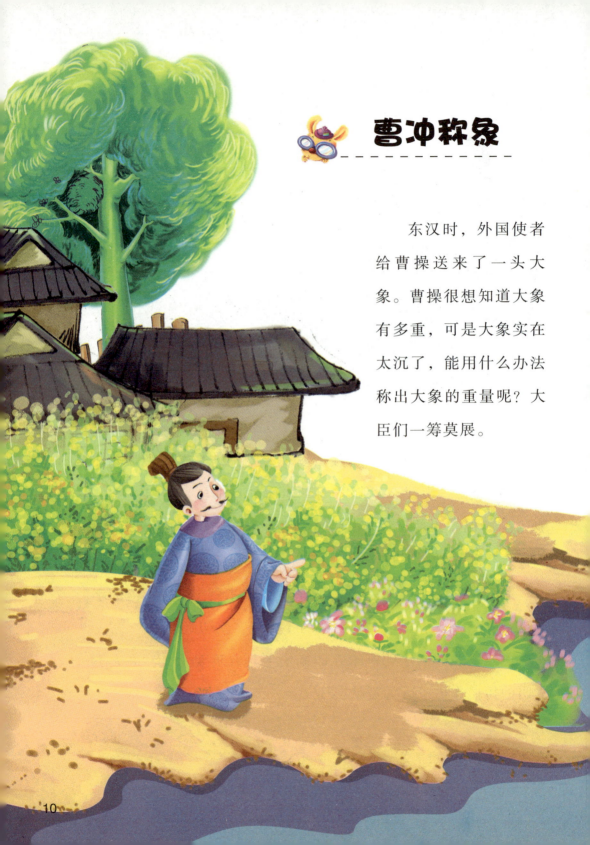

曹冲称象

东汉时，外国使者给曹操送来了一头大象。曹操很想知道大象有多重，可是大象实在太沉了，能用什么办法称出大象的重量呢？大臣们一筹莫展。

就在这时，曹操的小儿子曹冲站了出来，信心十足地说："你们等着，我有办法！"

"你一个小孩子能有什么办法？"大家都不相信他。

曹冲先让人把大象牵到一条大船上，船马上就沉下去许多，接着曹冲又让人在船刚刚露出水面的地方做了一个标记，然后把大象牵上岸。船马上又浮了起来，做的记号比水面高出了一大截。接着，曹冲又叫人搬来了许多大石块，一块一块地放到那条船上，直到船沉到水中的部分和先前做的记号一致为止。这时，大家望着满满一船石头，还是不明白曹冲在干什么。曹冲笑着说："你们把船上的石头称一称，得到的重量就是大象的重量了。"

依照曹冲的办法，果真知道了大象的重量。

天文学家张衡

张衡是东汉时期著名的天文学家，父亲在他很小的时候就离开了人世。从此，他和母亲相依为命，过着贫苦的生活。

然而，小张衡非常懂事，他从来没有埋怨过自己的命运，而是主动担负起家庭的重任，为母亲分忧。

有一次，张衡上山砍柴，一直没回家。母亲非常担心，怕他遇到老虎，急忙叫来几个猎人一同上山寻找。当他们在一个山冈上找到张衡时，张衡全然不知大家的到来，正望着天上的星星出神呢。母亲见了，又好气又好笑，把他带回了家。

自那以后，张衡对天上的星星产生了浓厚的兴趣，开始大量阅读有关天文方面的书籍。

一天，张衡在一本书上看到了关于北斗星的描述：像勺子一样的北斗星，当勺柄指向东方的时候，就说明当下正处在春天，指向南方为夏天，指向西方为秋天，指向北方则为冬天。

为了知道原因，张衡每天坚持记录北斗七星的运行轨迹，把它们画到纸上进行研究。通过研究，张衡进一步了解到：勺柄指向东北为早春，指向东南则为晚春。

华佗拜师

　　东汉时期的名医华佗，童年十分不幸：七岁的时候，父亲得了瘟疫，早早离开了人世。后来，华佗的哥哥被官吏抓去做苦役，家里只剩下华佗和母亲相依为命。不久，母亲也患病离开了人世。父母相继病故，华佗的心像千根针在扎一样难受。华佗安葬了母亲，跪在母亲的坟墓前发誓：一定要学好医术，让天下的百姓不再受病痛折磨。

　　第二天，华佗匆忙赶到镇上，拜当地有名的蔡医生为师。蔡医生语重心长地对他说："孩子，学医不能靠一时冲动，关键还要看你有没有出众的才华和毅力。"
华佗真诚地请求道："我不怕吃苦，我
有恒心，有毅力，有信心，请您收下
我吧！"

　　在华佗的再三请求下，蔡医生指着门前一棵高大的
桂花树说："如果你不爬树也能把桂花摘下来，我就收你
为徒。"华佗想了想，找来一根绳子拴好石头，然后用力
向上一扔，桂花便像雪花似的飘落下来。蔡医生满意地
点了点头，收下了华佗。

　　从此，华佗在蔡医生的言传身
教下，成长为一代名医。他创编的
"五禽戏"就像今天的体操一样，能
帮助人们增强体质，预防疾病，在
当时广为流传。

精忠报国

岳飞生于北宋时期，那时奸臣当道，金兵肆虐，民不聊生。母亲在岳飞很小的时候就常给他讲历朝历代英雄的故事，希望他长大以后能做一个对国家有用的人。岳飞深深懂得母亲的良苦用心，他刻苦学习，立志做一名抗金勇士。

上学后，岳飞对兵书入了迷，常常为了看《孙子兵法》而废寝忘食。

　　有一天，村里来了一位武艺高强的老人，他非常喜欢岳飞，便收岳飞为徒弟，亲自向他传授武功。聪明好学的岳飞在老人的指点下成了一名既懂兵法又会武功的文武全才。

　　一天，岳飞听说金兵又来侵犯北宋边境，他紧紧地握着拳头，对师父说："报效祖国的时候到了。"

　　岳飞与一群热血青年报名参了军。临走时，母亲没有哭泣，而是鼓励和支持他。为了让儿子永远不忘国恨家仇，母亲在岳飞的背上刺了"精忠报国"四个大字。

　　在抗击侵略者的战场上，岳飞英勇杀敌，立下了赫赫战功，成为历史上有名的抗金英雄。

小秀才吴承恩

《西游记》是中国古代四大名著之一，作者是明朝的吴承恩。据说，吴承恩的父亲年幼时酷爱读书，由于家境贫寒，最终却没能上成学。因此，父亲把所有的希望都寄托在吴承恩身上。

吴承恩很小的时候，父亲就教他写字、识数，自己节衣缩食挤出银两供吴承恩上学。可吴承恩却让他的父亲又喜又忧：喜的是他天资过人，忧的是他常常看闲书，而且还很入迷。父亲没有办法，只好听之任之。没想到，吴承恩看闲书不仅没有

影响功课，反而使他成为远近闻名的小秀才。

在村里，有一个叫张皇兴的大财主，他经常哄抬粮价，老百姓对此怨声载道。有一天，张皇兴要新开一家粮行，他特意请吴承恩给他写一副对联，希望讨个吉利。吴承恩大笔一挥，一会儿就写出一副对联：皇兴大粮行，慈夙楚城扬。横批：去四首。张皇兴见了，喜出望外，叫人把对联贴在门框上。

其实，明眼人一看就知道这副对联是骂张皇兴的。"皇""兴""慈""夙"四字分别去掉上部，对联就成了"王八大粮行，心歹楚城扬"。可张皇兴肚子里墨水少，他根本不明白其中的奥妙，还乐得合不拢嘴呢。

无师自通的欧阳修

　　北宋时期著名的文学家和史学家欧阳修，四岁的时候，父亲突然得了一场大病，匆匆离开人世。母亲只得带着欧阳修投靠叔父。叔父碍于面子，勉强答应收留他们。欧阳修渴望读书的愿望因此也就落空了。

　　没有钱，欧阳修就想办法找来木炭，在地上练习写字；没有书，他就去邻居家借书，边抄边读。

　　日子就这样一天天地过去了。欧阳修靠着一点一滴的积累，学识日渐增长，连一些官员看了他的作品后也自叹不如。渐渐地，欧阳修无师自通的美名传遍了大江南北。

一天，有个秀才听说欧阳修小小年纪也能作诗，很不服气，特意去探访，看他是否真有才学。说来也巧，在渡江的时候，秀才和欧阳修同在一条船上。

看着茫茫的山野，秀才一时想不起欧阳修的住址，便自言自语地说起来："船抵欧阳家。"

欧阳修一听便明白了秀才的来意，笑着说道："欧阳本是我，怕你不知修（羞）。"秀才听后，知道了欧阳修的厉害，只好灰溜溜地回去了。

铁杵磨成针

　　李白，字太白，号青莲居士，是中国唐代著名的大诗人，被人们誉为"诗仙"。李白很小的时候跟随父亲来到四川定居，进入当地的私塾读书。

　　李白小时候十分淘气。有一天，李白趁老师出去访友的机会，偷偷溜出私塾，到河边玩耍。

　　突然，李白看见一位年迈的老婆婆坐在河边用力磨东西，他觉得很好奇，便径直走了过去。走近一看，原来老婆婆在磨一根又粗又长的铁杵。

　　李白不解地问："老人家，你磨铁杵做什么呢？"

　　老婆婆笑着回答说："我在磨一根缝衣针，用它给我的小孙女做花衣裳。"

　　李白听了大吃一惊："这么粗的铁杵不知要多少年才能磨成一根针呢！"

　　老婆婆笑着说："孩子，只要坚持不懈地磨下去，铁杵总有一天也会变成缝衣针。"

　　听了老婆婆的话，李白感到十分惭愧，他赶忙回到私塾，拿起课本，认真地学习起来，再也不像以前那样顽皮了。

笨鸟先飞的王阳明

王阳明是明朝著名的教育家和哲学家,《传习录》、《大学问》等都是他的名作。

据说,王阳明小时候曾因发高烧影响了大脑的正常发育,长到五岁时还不会说话,只会发出"咿咿呀呀"的叫声。因此,许多人都说他是一个哑巴,劝他父亲放弃对他的培养。但是,王阳明的父亲却不这么看,他始终认为王阳明会好起来的。

在父亲的悉心照料下,王阳明的病渐渐有了好转。虽然能开口说话了,但和同

龄的孩子比起来，他还是显得有些愚钝。

一天，王阳明被私塾里的同学欺负了，他哭着跑回家问父亲："爹爹，人家都骂我是小傻子，我真的很笨吗？"

父亲听后很难过，但仍笑着对王阳明说："孩子，你一点儿也不笨，只要你好好读书，将来一定会有出息。"接着，父亲又给他讲笨鸟先飞的故事。自那以后，王阳明再也不理会那些人的嘲笑了。他常利用休息时间提前学习先生要讲的课文，记不住的就反复地在纸上抄写。

渐渐地，王阳明的成绩超过了学堂里所有的学生，谁也不敢再小瞧他了。

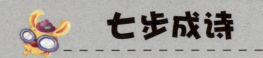

七步成诗

　　曹植是曹操的第三子，小时候随军奔波，直到 13 岁才在邺城安定下来。此后他与当时着名文学家王粲、徐干、陈琳、刘桢等人写诗作赋，名声很快就传播开了。在曹操的几个儿子中，曹植是最有才华的，曹操因此想"废长立幼"，立曹植为太子。

　　曹丕嫉妒曹植的才能，担心曹植谋反，便命弟弟在七步之内作一首诗，不然就会杀掉他。曹植思考片刻，当即作诗一首："煮豆燃豆萁，豆在釜中泣。本是同根生，相煎何太急？"

　　曹丕听后羞愧难当，不得不下令放了曹植。

曹植能免于一死，离不开他过人的才华。

曹植小的时候，有一年过中秋节，父亲曹操带着他一起赏月。曹操指着天上的明月向曹植提了一个古怪的问题："吴国与月亮相比，谁远谁近呢？"

曹植不假思索地回答说："当然是月亮近，吴国远啊。"曹操见他信口开河，便要他说出一个道理来。

曹植解释说："吴国隔我们千山万水，月亮就挂在我们的头顶上，抬头就能看到，自然是吴国远了。"

曹操听了哈哈大笑，并为曹植小小年纪就有如此才华感到非常高兴。

木匠祖师鲁班

鲁班从小聪明伶俐，小脑袋里总有问不完的问题，还常常学着父亲的样子，做各式各样的木头玩具。

做木匠的父亲见儿子这样聪慧，便送年幼的鲁班进了学堂。然而，鲁班进了学堂之后让父亲很失望。他不喜欢读书，倒是对各种木工活儿很感兴趣。父亲很生气，对他说："你学做木工有什么出息，只有读书才能让你出人头地。"

鲁班并没有把父亲的话放在心上，父亲不让他学木工活儿，他就利用晚上时间偷偷学习。

有一次，学堂里来了一个新同学，教室里的凳子不够用了。鲁班就取来木头和工具，没费多少工夫，就做好了一张精巧别致的凳子。老师和同学们看了，都非常吃惊。

　　第二天，老师找到鲁班的父亲，对他说："鲁班这孩子虽然不喜欢读书，但是他的木工活儿做得非常好。他如果能得到你的悉心指导，将来一定会成为一个非常了不起的木匠。"

　　鲁班的父亲想了想，听从了老师的建议，从此开始教鲁班做木工活儿。

　　鲁班非常珍惜这来之不易的学习机会，他刻苦钻研，勤学苦练，最终成为一名出色的建筑大师，被人们尊为木匠祖师。他发明的锯子，人们至今还在使用呢。

学神农尝百草

中国古代杰出的医学家李时珍出身于一个医学世家，他从小跟着母亲采药，认识许多药材，母亲还一一告诉他各种药材的名称及药性。相传，李时珍小时候还用学到的知识救过人呢。

有一天，李时珍看见一家药铺门前围着一群人，出于好奇，他也跑去看热闹。原来是一个医生在给人看病，没多久，医生就给病人开出了药方。

　　就在医生抓药的时候，李时珍看到医生把"狼毒"当成"防葵"了。"狼毒"有剧毒，吃下去是会出人命的。李时珍赶紧叫住医生，这才避免了一场悲剧的发生。

　　经过这件事，李时珍发现古代很多药书上记载的药材功效都不准确，有极大的隐患。为了使医生能准确用药，他开始学神农尝百草。经过二十七年的艰苦努力，李时珍终于写成了中国历史上的医学巨著——《本草纲目》。

唐伯虎拜师学艺

　　唐寅，字伯虎，吴中四大才子之一。六岁时，唐寅就能背诵诗文和经书，八岁时便能吟诗作赋。除此以外，他还非常喜欢画画。老师见他才华横溢，便推荐他去考秀才。然而，贪玩的唐寅对功名没有一点儿兴趣，他回绝了老师的提议，拜当时有名的画家周臣为师，认真学习画画。

　　几年过后，唐寅通过刻苦学习，成为小有名气的画师，特别是他的人物画，连周臣也自叹不如。

　　第二年，唐寅拜谢了周臣，转拜著名的山水画家沈周为师。沈周见唐寅才学不凡又知书达理，便高兴地收他为徒。

　　一段时间后，唐寅取得了一些成绩，开始骄傲起来。于是，他便以母亲年迈多病为由想要回家。沈周见唐寅就这样半途而废，非常痛心，便特意做了几道好菜，准备开导开导他。

　　在饭桌上，唐寅又向老师提出了回家看望母亲的请求。沈周听后，指着一扇窗户说："如果你能把那扇窗户打开，我便答应你。"

　　唐寅听了，连忙起身去推窗户，却怎么也推不动。原来这扇窗户是老师画的，由于画得非常逼真，唐寅居然没有察觉。这时他才明白老师的良苦用心，从此虚心求学，潜心作画。

热爱读书的孩子宋濂

宋濂是明朝有名的学者，他出生在浙江浦江，自幼聪明好学。六岁的时候，他就看完了家里所有的藏书。

进入学堂时，他已经是一个很有学识的孩子了，老师们都非常喜欢他。为了能学到更多的知识，他把所有的零花钱都用来买书。但是，他觉得这还不够，经常向别人借书看。

一年冬天，宋濂听说司马迁写的《史记》里记载了许多历史故事，非常想看。于是，他四处打听，看谁家有《史记》。

　　后来，一个同学告诉他，有一个叫张齐轴的老人收藏了这部书。宋濂高兴得不得了。他冒着大雪，走了十几里的山路，赶到张齐轴家。

　　当老人知道宋濂的来意后，他显得很尴尬。因为他不认识宋濂，况且《史记》是一部很珍贵的书，他不愿意把这部书随便借给别人。张齐轴犹豫了一会儿，便借口说书已经被借走了。宋濂听了很失望，只得空手而回。

司马光砸缸

　　北宋时期著名的史学家、政治家司马光从小就博览群书，才华横溢，他的机智勇敢更是让人称道。

　　有一次，司马光和小伙伴们在花园里捉迷藏。其中一个小孩使出全身的劲儿爬上了花园里一口装满了水的大水缸，他以为这样一来别人就很难发现自己。

当他战战兢兢地站在水缸边缘的时候，身子一倾，"扑通"一声掉了进去。司马光和小伙伴们发觉事情不妙，立即跑上前去。由于水缸太高，大家只能听见小孩的呼救声。有的孩子忙跑去叫大人，而司马光却摇着头说："大人们都在地里干活，离这里太远，恐怕来不及了。"

　　就在这万分危急的时刻，司马光灵机一动，抱起一块大石头向大水缸砸去。只听见"咣当"一声巨响，大水缸被砸开了个洞，水流了出来，小伙伴终于得救了。

地理学家徐霞客

　　明代地理学家、旅行家和文学家徐霞客从小受父亲的影响，特别喜欢读书，他最喜欢读的就是《山海经》。因为《山海经》里面记载着各种各样有趣的事情，有见闻，有传说，还有古代流传下来的一些游记。

　　有一次，徐霞客把《山海经》偷偷带进私塾，却不小心被老师发现了。

　　当老师要用戒尺惩罚他时，他理直气壮地说："一个人只知道死记硬背，不仅学不到旧知识，更学不到新知识。一个人只有敢于实践和探索才能获得新知识。"老师听了徐霞客的话，差点儿气晕过去。

　　一天，家里来了几位客人，向他的父亲求教一个水利方面的问题。就在父亲为难之际，徐霞客站出来，轻松地解答了客人的疑问，还当场绘制了一张水利图送给客人，这让在场的人大为吃惊。

　　长大以后，徐霞客四处游览名胜古迹。三十多年的时间里，他的足迹遍及祖国的大江南北。他一边游历，一边把所见所闻和一些奇特的地质现象一一记录在自己的游记里，为后人提供了一套比较完整的地质资料。这就是我们后来看到的《徐霞客游记》。

"全能画家"沈周

明朝的时候，画家沈周与文征明、仇英、唐寅被人们并称为"明四家"。

幼年时的沈周聪慧过人，老师教他学东西，一点就通，学习能力十分惊人。为此，家里常常为他换老师。

由于父亲的原因，沈周小小年纪就当上了粮长，可他并不喜欢干这份差事，常常因读书作画误了公事。

一天，沈周应上司之邀，在南京以凤凰台为题作了一首诗。上司看了，对这首诗大为赞赏，称赞沈周是"王勃重生"。高兴之余，上司答应了他的请求，免除了他的粮长职务。

从此，喜欢出游的沈周走遍了大江南北，他的诗画也随之留在了祖国美丽的山水之间。

渐渐地，沈周赢得了"全能画家"的美誉，前来求画的人络绎不绝。

一次，他在游玩后住进一家寺庙里，前来求画的人堵得僧人都出不了门。当时的情形，有诗为证：

送纸敲门索画频，

僧楼无处避红尘。

东归要了南游债，

须化金仙百亿身。

甘受胯下之辱的韩信

　　韩信是西汉时期著名的军事家。这个聪慧过人的军事家小时候忍受了常人无法忍受的羞辱。韩信十岁的时候，父亲就去世了。稍大一些，为了维持生计，韩信想凭自己的学识去朝廷做官，这样既能养活家人，也能施展自己的才华。

　　于是，韩信便找了一个做官的同乡人，希望他能向朝廷推荐自己。一番交谈之后，那个官员非常器重韩信，便时常请他来家里吃饭。然而，官员的妻子看不起韩信。韩信知道后，主动告别官员，自寻出路去了。

　　有一次，镇上的武师见韩信总爱佩着剑出门，便当众笑话他："就你这个穷样子也要佩剑？恐怕只是做做样子罢了。"韩信听了，并不理会他，只是默默地走自己的路。

谁知武师得寸进尺，他拦住韩信的去路，冷冷地说："我真替你父亲脸红，竟然有你这样一个没出息的儿子。你如果真懂武功，就拔剑杀了我，不然你就从我胯下爬过去。"

韩信忍无可忍，猛地拔出剑，可想了想他又把剑收了回去。韩信心想：如果因一时冲动杀了武师，一定会坐牢，到时自己的前途就毁了。于是，韩信当着众人的面，忍着巨大的屈辱，从武师胯下爬了过去。

从此，韩信专心在家学习兵法。机会来临时，他投靠了刘邦，并帮助刘邦统一了天下。

"药王"孙思邈

隋唐时期，有一个叫孙思邈的名医，他不仅医术高明，而且还自创了许多特别的治疗方法。

然而，孙思邈小时候却病痛缠身，有时连走路的力气都没有。父母为此不知花了多少钱，带着他看了不少名医，但始终不见好转。后来，一位老郎中开了一个独特的药方，才使孙思邈渐渐地好起来。为了感谢老郎中的救命之恩，父母让孙思邈

给老郎中做义子，希望他长大后也能成为一名救死扶伤的医生。

从此，孙思邈便跟着老郎中学习医术。刚开始，孙思邈有一个错误观点，他总以为只有长在悬崖上或者山洞里的草药才是最好的。因此，他常常攀悬崖钻山洞去采草药。

老郎中知道后，教导他说："世间没有绝对的好药，能及时治愈病症的药都应该是好药。"

听了老郎中的话，孙思邈改变了过去不正确的观点，开始不断总结各种草药的用途。同时，他还学习各种治疗手段。到十几岁的时候，他已经掌握了针灸、推拿等治疗方法，治好了不少疑难杂症。

孙思邈一生最大的贡献在于他写出了一本医学专著《千金要方》，里面记载的医学知识和治疗方法，直到现在人们都还在使用呢。

诗人夏完淳

　　明末著名诗人夏完淳出身于书香门第，从小聪慧好学，五岁时就能读"四书五经"，六岁时就能吟诗作赋。他做文章思路敏捷，和大人谈起国家大事常常切中时弊，很有见地。他的诗集《代乳集》就是他在九岁时完成的。

　　为了让夏完淳受到良好的教育，他的父亲夏允彝请来了自己的好朋友陈子龙做他的老师。这个老师可不简单，他不仅写得一手好文章，还通晓兵法，并时常教育小完淳要关心国家安危。后来，清兵入关，明朝覆灭，十五岁的夏完淳跟随父亲一起加入了反清复明的义军。

在一次战役中，夏允彝为国捐躯。然而，父亲的死并没有让年少的夏完淳退缩，反而更激发了他的斗志。大哭一场之后，他暗下决心一定要将反清复明的使命进行到底，哪怕赔上自己的性命也在所不惜。在这期间，夏完淳创作完成了著名的《大哀赋》。

没过多久，夏完淳被捕。面对清兵的劝降，夏完淳视死如归，他说："我生是大明的臣，死是大明的鬼。"

行刑前，他一边拖着脚铐走路，一边吟诗："月白劳人唱，霜空毅魄悲。英雄生死路，却似壮游时。"

就这样，夏完淳怀着壮志未酬的遗恨，倒在了血泊之中。

诗人白居易

  白居易是中国唐代著名的大诗人，他的童年是在战乱中度过的。那时，朝廷腐败无能，战乱连连，民不聊生。

  为了让普天下的百姓重拾生活的信念，白居易从小就立下了为百姓写诗的志向。

  然而，白居易起初写的诗既高深又生硬，普通百姓根本读不懂。于是，他开始重视音韵的变化和节奏。

  一次，白居易为了创作出通俗易懂的诗作《草》，反反复复修改了几十次。

后来，《草》终于完成了。它音韵和谐，抑扬顿挫，特别受孩子们的喜爱，并被当作童谣代代传唱。

白居易二十九岁那年，背负行囊，远上京城长安赶考，一举高中进士，后被朝廷提拔为翰林学士。然而，白居易不愿意和官场上那些腐朽的官僚为伍。他创作了大量诗歌反映百姓的生活现状，希望朝廷进行变革。

后来，几个大官因看不惯白居易的所作所为，联名将他告到了皇帝那里。皇帝非常生气，就把白居易贬为江州司马。

在江州任职期间，白居易集中精力创作了许多脍炙人口的诗篇，为后世留下了一笔宝贵的文化财富。

心灵手巧的黄道婆

黄道婆是宋元时期著名的纺织技术专家。说到她名字的由来，还有一段曲折的故事呢。

那时，黄道婆家里很穷，她很小就被作为童养媳许给了财主的傻儿子。由于财主姓黄，所以人们都改口叫她阿黄。

阿黄懂事后，知道自己将要嫁给一个傻子时，非常伤心。

为了改变自己的命运，她偷偷逃出了财主家，开始了流浪乞讨的生活。

一天，阿黄饿得实在不行了，便一头闯进一个姓沈的人家里，乞求这家的主人沈叔给她一点儿剩下的饭菜吃。沈叔是一个好心人，他见阿黄很可怜，便收留了她。

转眼几年过去了，阿黄由一个小丫头变成了亭亭玉立的少女。一天，沈叔带着阿黄来到一位老婆婆的家里，让她跟着老婆婆学习织布，以后好有一门手艺成家立业。

在学习的过程中，阿黄发现老婆婆织布的速度特别快，而且织出来的布既结实又精细，比她老家的织布技术好很多。

从此，阿黄开始用心学习。几年后，她不仅掌握了老婆婆的纺织技术，还对它进一步加以改进。后来，阿黄回到家乡，把自己掌握的纺织技术无私地传授给了家乡的人。人们为了感谢阿黄作出的贡献，都亲切地称她"黄道婆"。

自立自强的范仲淹

范仲淹是中国北宋时期著名的文学家、政治家。在他两岁的时候，父亲就去世了。失去依靠的母亲只好带着年幼的他改嫁到了朱家。朱家的人瞧不起范仲淹，不仅不让他读书，还常常羞辱他。

一次，朱家的一个小孩故意刁难范仲淹，悄悄把狗吃剩的骨头给范仲淹吃。

范仲淹不知道，高兴地接过骨头。当他吃得正香的时候，这个小孩哈哈大笑起来："大家快来看哪，范仲淹在啃我们家的狗吃过的骨头呢。"

范仲淹听了，扔下骨头，哭着跑出了朱家，发誓再也不进朱家的门了。

从朱家出走后，范仲淹虽然过得穷困潦倒，但他非常开心。一天，他来到一座山上，搭起了一间茅屋，白天出去做工，晚上回家挑灯夜读。一个偶然的机会，范仲淹听说附近庙里有一个老和尚在讲学，便经常去听。老和尚知道范仲淹的遭遇后，收留了他。

从此，范仲淹便在庙里安顿下来。他经常听老和尚讲学，在老和尚的指点下，他的学业大有长进。

一天，一只老鼠趁范仲淹看书之际，把他吃的饼叼进了墙洞里。范仲淹赶紧拿来竹棍捅墙洞，意外地发现了藏在墙洞里的金子。范仲淹对此视而不见，他拿回自己的饼，把洞填好，继续看书。

孙康映雪读书

　　孙康出生在晋代，童年时的他是一个勤于思考的人，脑子里总有想不完的问题。他为了求证书上的语句是否准确，常常看书到深夜。因此，他家的灯油用得很快。由于经常买油，他渐渐和灯油店老板成了朋友。老板见他嗜书如命，常常会多给他一点儿灯油。

　　冬季的一天，家里的灯油又用完了，孙康不得不去买灯油。当走到灯油店门口的时候，他才发现自己的口袋早已空了。老板见状，要送给他一些灯油，然而孙康拒绝了。

回家的路上，孙康发现地面的白雪反射出了明亮的光。孙康有了主意：可以借着雪光读书呀。想到这里，孙康加快脚步。回家后，孙康赶紧带上书，坐在后院的石凳上，津津有味地看起书来。没想到，这个办法还真好，不仅省油，而且光线也不错。就这样，无论下多大的雪，有多寒冷，孙康都始终坚持学习。

长大后，孙康不负众望，被朝廷任命为御史大夫，成为历史上有名的学者。

轮椅上的强者张海迪

"当代保尔"张海迪的童年跟许多孩子一样，充满着幻想和欢乐。然而，在她五岁那年，残酷的病魔无情地摧毁了她的美好生活。她得了脊髓血管瘤，胸部以下的肢体全部瘫痪。

从此，她再也不能去上学，再也不能和小伙伴一起玩，就连平时的日常生活也需要爸爸妈妈的帮助。

看到其他孩子自由自在地蹦蹦跳跳，她只能偷偷哭泣。爸爸妈妈为了让她开心，不是给她买玩具，就是给她讲故事。渐渐地，张海迪忘记了自己是个残疾人。为了不让爸爸妈妈操心，她尽力做到自己的事情自己做。

　　一天，一群小伙伴讨论长大后的理想，张海迪也争着发言。大家看着坐在轮椅上的张海迪，一个个都很纳闷：一个残疾人会有什么理想呢？这真是太奇怪了。

　　张海迪看着大家疑惑的眼神，并不在意，她笑着说："我的理想是成为作家，为千千万万的小朋友写优秀的作品，给他们带去快乐。"大家听了，都被她不畏艰难的精神感动了。从此，他们再也不把张海迪当作残疾人看待了。

　　为了实现自己的理想，张海迪开始自学。她坐在轮椅上翻译了许多部英文作品，给小朋友送去了精神食粮，人们都很敬佩她。

让对手胆寒的郎平

当中国女排第一次夺得世界冠军的时候，人们就记住了那个让对手胆寒的郎平。

郎平的父亲是一个铁杆体育迷，在父亲的影响下，郎平很小的时候就喜欢上了体育运动。由于身体发育得好，她要比同龄的孩子高出一大截，远远看去像一个小大人。父亲心想：如果让郎平练习打排球，她也许会是一个非常不错的苗子。

1973 年，父亲听说业余体校在招人，便给正在上小学六年级的郎平报了名，结果教练第一眼就看上了她。

　　从此，郎平开始了她的排球生涯。当时，郎平认为自己的身体条件不错，只要稍微训练一下就可以打排球了。

　　进入业余体校后，她才知道高强度的训练异常艰苦。许多孩子因为吃不了这份苦纷纷离开了体校，只有郎平还咬紧牙关坚持训练。由于个头太高，她经常跌倒，于是她就专门训练自己的稳定性。

　　一滴汗水一份收获。郎平凭借自己的实力入选国家队，并为中国女排夺得"五连冠"立下了汗马功劳。

铁路工程师詹天佑

　　詹天佑是中国最早的铁路工程师之一。小时候，他亲眼目睹了外国列强的入侵和鸦片泛滥给国家和人民带来的灾难。为此，小小年纪的他立下了科技救国的志向，希望长大以后能去国外学习先进的科学技术，帮助祖国尽早摆脱贫穷落后的面貌。

　　一个偶然的机会，詹天佑第一次听说了火车，便立即试着用泥土做了一个火车模型，希望它能拉着自己去国外留学。

　　还有一次，为了搞明白闹钟的自动控制原理，他将父亲心爱的怀表拆了，仔细研究。弄明白后，他居然又把怀表重新组装好了。

后来，清政府开设了一个幼童出洋预备班，准备选拔优秀人才去美国留学。知道这个消息后，詹天佑欣喜若狂。由于是官方出资，他的父亲便答应了他的要求。

1872 年，十二岁的詹天佑以优异的成绩入选第一批留学生，前往美国学习深造。经过九年的刻苦努力，1881 年，詹天佑终于拿到了耶鲁大学铁路工程专业的毕业证书。

回国后，他谢绝了官场上多如牛毛的应酬，积极投身于铁路事业中。1909 年秋，在他的主持下，中国人自主设计修建的京张铁路全线通车。从此，中国结束了没有铁路的历史。

桥梁专家茅以升

茅以升是我国著名的桥梁专家，1896年出生在江苏镇江的一个知识分子家庭。

小时候，由于家境不好，茅以升总是穿着有补丁的衣服去上学，一些富人家的孩子因此常常嘲弄和欺负他。然而，茅以升从不自卑，他暗自发奋学习，总是以优异的成绩与他们抗争。每天茅以升放学回家后，他的爷爷都会教他一些诗歌，陶冶他的情操。一年下来，茅以升的进步很快，已经能背诵上百首诗歌了。

有一年端午节，茅以升跟着爷爷去看划龙舟比赛。一时间，秦淮河两岸人山人海，人们从四面八方赶来加油助威。突然，远处传来一阵"轰隆隆"的巨响，秦淮河上的文德桥被拥挤的人流给踩塌了，很多人都掉进河里不幸被淹死了。

看到这一幕，茅以升惊呆了，他下定决心：长大后一定要为人们修建最好的桥，避免这样的惨剧再次发生。

从此，茅以升读书更加刻苦了。1916年，他从交通部唐山工业专门学校毕业后，被清华学堂官费保送赴美留学。毕业后，他把自己的一生都奉献给了祖国的交通建设事业，他设计建造的桥梁很多，有的桥梁直到现在还在使用。

从雨滴里悟出道理的竺可桢

竺可桢是中国著名的气象学家，浙江绍兴人。从小，竺可桢的父亲就教他识字明理，因此他在进入学堂后学习成绩非常优秀。

上学没多久，竺可桢见周围的同伴都不如自己，便骄傲起来，整天只顾玩，再也不像以前那样认真读书了。

老师见他上课不专心，就提醒他："学习犹如逆水行舟，不进则退。"竺可桢听了，却不以为然，他口头上答应老师要好好学习，可一转身又变了。渐渐地，班里其他同学的成绩逐步赶了上来，已经快要超过他了。

老师多次找他谈话，可他总是满不在乎地说："到了考试的时候，我随便翻翻书就可以考个好成绩。"老师听了，无奈地摇了摇头。

　　一天，竺可桢去学堂上学。半路上，突然下起了大雨，他赶紧跑到屋檐下避雨。这时，雨滴顺着屋檐"滴滴嗒嗒"地滴落下来。竺可桢发现，屋檐下方的青石板上有一个个拇指般大小的水窝。

　　竺可桢怎么也想不明白这些小水窝是怎么来的。雨停后，他把这个疑问告诉了老师。

　　老师告诉他："那是雨滴长年累月往下滴砸出来的，这就是我们常说的'水滴石穿'。"

　　竺可桢听了，简直不敢相信，如此小的雨滴，不知要经过多少年才能砸出这些小水窝。从此，竺可桢明白了"持之以恒"的道理，再也不骄傲了。

郭沫若智斗老和尚

中国现代著名的文学和史学巨匠郭沫若，从小就很聪明。七岁的时候，他已经能背诵三百首唐诗了。

一次，私塾后面山上的桃子熟了，几个小伙伴便一起上山摘桃子。突然，从寺庙里跑出一个老和尚，说桃子是寺庙的。郭沫若和老和尚理论起来："这桃树在寺庙建成之前就有了，怎么是寺庙的呢？"

老和尚气呼呼地说："长在我们寺庙周围的东西就是我们的！"

郭沫若听了，哈哈大笑："那按你的说法，寺庙建在私塾附近，那么寺庙也应该属于私塾了？"

老和尚听了，立即涨红了脸，举起棍子把郭沫若

和他的小伙伴们赶跑了。

老和尚咽不下这口气，第二天又跑到私塾找老师告状。老师得知后，询问大家是否吃过老和尚的桃子。见没有一个人敢吭声，老和尚非常得意，他假惺惺地笑着说："你们都是读书人，今天我出一个上联，谁对上了，我就不再追究此事。"

接着，老和尚摇头晃脑地念道："昨日偷桃钻狗洞，不知是谁？"同学们听了上联，都很气愤。就在大家苦思冥想之际，郭沫若对出了下联："他年攀桂步蟾宫，必定有我。"那意思是说：我长大后一定能成为贤能之人，为祖国效力。郭沫若对的下联不仅字句工整，而且借此抒发了自己的远大志向。

同学们听了都高兴地拍手叫绝，老和尚气得半天说不出话来。

"数学疯子"陈景润

中国著名数学家陈景润，1966 年发表了《表达偶数为一个素数及一个不超过两个素数的乘积之和》，成为哥德巴赫猜想研究史上的里程碑，被称为"哥德巴赫猜想第一人"。

陈景润出身于一个邮局职员家庭，他从小体弱多病，不善交际。因此，童年的他并没有享受到多少生活的快乐。

上学后，出于对数字符号天生的热情，他一门心思投入数学的海洋，仿佛只有这样才能忘却病痛的折磨和生活的烦恼。

　　童年的陈景润生活俭朴，从不讲究穿着打扮，只要穿得整洁就行。他不爱说话，也不愿意参加各种活动。陈景润自从迷上数学之后，就整天在家研究各种数学问题，完全沉浸在数学的世界里。

　　有一段时间，陈景润为了解开一道难题，竟忘记了季节的变化。春天到了，大家都换上了薄薄的线袜，而他仍穿着一双厚厚的棉袜。要不是母亲催促他换袜子，恐怕他会把棉袜穿到夏天。人们私下里叫他"数学疯子"。

　　正是出于对数学研究的执著，陈景润最终取得了非凡的成就，成为世界著名的数学家。

闻一多的故事

著名诗人闻一多，原名闻家骅，字友三、友山。他是中国现代伟大的爱国主义者，坚定的民主战士，新月派代表诗人和学者。

闻一多的童年是在刻苦读书中度过的。他出生在湖北浠水，世代书香的家庭氛围，注定他要与文学打一辈子交道。

小时候，闻一多为了不让宝贵的光阴从自己的身边悄悄溜走，几乎每天都泡在父亲的书房里看书，从不懈怠。进入学堂后，闻一多依旧保持着长久以来养成的良好习惯——勤奋读书。

老师布置的作业再多，他也要抽出时间来阅读诗词和古文。

一天，天气异常炎热，同学们上课无精打采，一个个像晒蔫了的黄瓜。老师见了，只好宣布提前下课。

当同学们纷纷结伴去附近的水塘里嬉戏时，闻一多却回家看起了书。直到晚上，母亲叫他睡觉，才发现他的身上被蚊子咬得满是小红疙瘩。

闻一多风趣地说："蚊子咬我，我咬书，真是天生的一对儿啊。"这个故事传开后，大家便给他取了一个有趣的别名，叫"小小书虫"。

持之以恒的王羲之

王羲之是中国历史上著名的书法家，他从小就对汉字有浓厚的兴趣，总爱在沙地上、桌子上、墙壁上学着大人的样子写写画画。

父亲见王羲之这么小就爱写爱画，觉得他很有天赋，便找来许多古帖让他临摹。七岁时，王羲之就已写得一手好字。许多达官贵人见了都赞不绝口，愿意出高价收藏他的作品。

一天，王羲之在父亲的书房里发现了一本叫《笔谈》的书，里面的字体正是他喜欢的风格。于是，王羲之便开始临摹起《笔谈》里面的字，将字的运笔和结构牢记于心。

谁知父亲知道后，不但不鼓励他，还严厉地批评他说："你一味地照着葫芦画瓢，而不去琢磨其中的道理，这样下去你不但不会进步，反而会失去自己的风格。"

王羲之听了父亲的一番话，觉得很有道理，便放下手中的笔，开始认真阅读《笔谈》。

王羲之把书上的道理都读懂了以后，再去临摹，果真有了很大长进。王羲之并不满足于已经取得的成绩，他仍然坚持每天练字，从不间断。为了洗笔方便，他竟把自家后院盛水的大水池染黑了。王羲之付出的努力没有白费。几年下来，他的书法作品得到了人们的广泛赞誉，他也被后世称为"书圣"。

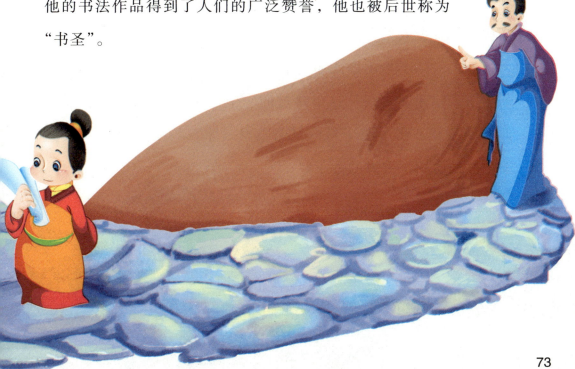

改过自新的陈子昂

陈子昂是唐朝著名的诗人和文学家。然而，他小时候生性顽劣，整天和一帮纨绔子弟混在一起，捣毁农户的鸡舍，毁坏庄稼，是一个人见人怕的淘气包。

一次，陈子昂闲来无事，和几个伙伴想出了在路上挖陷阱的主意。结果，害得从这里路过的一个老农摔了一跤，差一点儿摔断了腿。幸亏陈子昂的父亲及时赶来，给老农赔了不是，要不然还会闹出更大的乱子。

日子一天天地过去了，陈子昂转眼间长成了一个少年，可他仍旧没有改掉小时候的恶习。

直到有一天，陈子昂在路上遇到了一个乞丐。他见乞丐好手好脚却出来讨饭，很不理解，就上前问道："你一不残，二不傻，为什么要过乞讨的生活呢？"

乞丐听了，向陈子昂哭诉起来："我小时候可不是这个样子的。那时候我家特别富有。可我爹死了以后，我什么也不会做。渐渐地，就落到了这步田地。"陈子昂听了，羞愧难当，觉得自己再这样混日子，以后也会跟这个乞丐一样。

从此，他和那些纨绔子弟断绝了来往，在家用功学习，并最终成为一位大诗人。

爱玩虫子的赵修复

赵修复是中国当代著名的昆虫学家，如果你问他小时候最喜欢什么东西，他一定会毫不犹豫地告诉你——昆虫。

赵修复从小就喜欢和各式各样的昆虫打交道，蜜蜂啊，蜻蜓啊，都是他儿时的好伙伴。

一天，赵修复在野外采集蝴蝶标本，他突然看见一只自己从来没见过的虫子：灰褐色的身上长有六条腿，拖着大肚子正乐悠悠地在水边晒太阳呢。

　　看到这一幕，赵修复惊呼起来，以为自己发现了珍稀物种，于是便把它带回家喂养。

　　在赵修复的精心喂养下，怪虫子一天天地长大了。一天，它从水里露出头来，缓缓地爬到一块石头上，准备蜕壳。赵修复站在旁边，眼睛一眨也不眨地盯着它，等待着奇迹发生。然而，让赵修复怎么也没想到的是，从壳里慢悠悠爬出来的竟是一只蜻蜓。

　　为了解开这只怪虫子的身世之谜，赵修复还专门跑到图书馆查资料，原来自己发现的怪虫子叫水虿，是蜻蜓生在水里的幼虫。尽管赵修复对此有点失望，但他从此开始迷恋上了昆虫学。

认真的葛洪

　　葛洪出生在东晋时的一户官宦人家。他从小就很爱学习，但他父亲去世后，家境每况愈下，不要说供他读书，就连生活都难以为继。

　　一日，小葛洪在帮母亲做饭时，看到乌黑的木炭，他心中一喜：终于找到不花钱的笔了。从此，小葛洪总随身带着一块木炭，休息的时候，就用木炭在地上练习写字。

　　就这样，葛洪觉得自己比其他穷苦的孩子幸福多了，至少他还有父亲留给他的一大堆书。可家里的书毕竟有限，在读完了家里的书以后，葛洪又从邻居家借来了很多书。有时候，为了借一本书，他会翻山越岭到百里以外的亲戚家。书一借来，他常常一看就是半天，困了就打个盹儿，醒来又接着看。有人不理解，就问他："葛洪啊，你何苦要这么刻苦呢？你父亲当年在官场上有很多朋友，你去求他们给你一个小官，日子就会好起来的。"

葛洪摇摇头，说："靠别人过活，那不是我想走的路！我父亲过去常常教导我：'没有知识的人是做不成大事的。'"

经过不懈的努力，葛洪写了许多好文章，可他并不满足，他对自己有更高的要求。

葛洪牢记父亲的教诲，一边学习，一边行医，写下了《抱朴子》和《肘后备急方》等著作，为弘扬中华传统文化作出了不可磨灭的贡献。

反抗封建礼教的孙中山

　　孙中山是中国近代民主革命的先驱，他发起的资产阶级民主革命推翻了清王朝的反动统治，结束了中国长达两千多年的封建历史。

　　为什么孙中山能够带领人民推翻腐朽的清王朝呢？这和他小时候就痛恨各种封建陋习有直接的关系。

　　年幼的孙中山在私塾上学时问了教书先生一个问题："为什么我们读了这么多八股文和圣贤书，外国列强还是要欺负我们呢？"

　　教书先生听了，竟不知如何应答，一气之下，他痛斥孙中山触犯了天颜，还气急败坏地照着孙中山的手心打了一尺。然而，这一打让孙中山更加痛恨封建的旧社会了。

　　还有一次，孙中山放学回家，看见姐姐正捂着双脚默默流泪，他赶紧跑上前去询问。原来是母亲强行给姐姐的双脚裹上了布条。小脚被布条一层一层地缠绕着，可把姐姐疼坏了。孙中山赶紧找到母亲问个究竟。

　　母亲告诉他："女孩子长大了都要裹脚。不然，以后成了大脚，就很难嫁出去了。"孙中山听了觉得很荒唐，便苦苦哀求母亲，别让姐姐缠脚，母亲却怎么也不肯。

音乐家聂耳

中华人民共和国国歌的作曲者聂耳从小就对音乐很感兴趣。

聂耳刚上小学的时候，同学们都愿意学习西洋乐器，他们总认为西洋乐器才是最好的。聂耳却认为，每种乐器都有它自身的优点，不能简单地说西洋乐器就是好的，民族乐器就是不

好的。为此，聂耳和他的两个哥哥还在校园里专门用二胡、扬琴、笛子等民族乐器演奏了一曲《梅花三弄》。当优美的曲调在校园内响起时，同学们都被打动了，大家纷纷说："没想到，民族乐器也能演奏出这么好听的曲子。"

演奏结束后，大家报以热烈的掌声，并改变了以往的看法。从此，同学们开始重视学习民族乐器了。

长大后，聂耳独自来到上海闯荡。凭借过人的音乐才能，他很快便在明月歌剧社当起了小提琴手。前来听他演奏的观众络绎不绝，有些观众还送给他一个很有意思的别名——"耳朵先生"。

后来，聂耳加入了当时很有名气的百代唱片公司，从此走上了革命音乐创作之路。他所创作的歌曲，如《毕业歌》《苦力歌》《码头工人》等深受广大群众喜爱。尤其值得一提的是，他创作的《义勇军进行曲》后来成为了中华人民共和国国歌。

热爱音乐的冼星海

在一个满天星斗的夜晚，随着一阵啼哭声，一个新生命降临了。望着满天闪烁的繁星，父母给这个孩子取名叫冼星海。

让他们没想到的是，这个男婴长大后竟成了中国近现代史上赫赫有名的大音乐家。

每天，小星海都在妈妈甜蜜的摇篮曲声中甜甜地入睡。童年的冼星海最喜欢做的一件事就是趴在窗户边，听风铃随风响起的旋律，有时他还能跟着铃声的节奏哼唱出音调来呢。

到了该上学的年纪，因为家里穷，没钱供冼星海上学。冼星海天天都在学校门口徘徊，羡慕地看着那些上学的孩子。

有一年冬天，冼星海出门后好久都没有回家。母亲担心极了，四处寻找他。

　　就在这时，一栋大楼里传来了一阵阵钢琴声，母亲顺着琴声找到了冼星海。只见他蜷缩着身子蹲在地上，脸蛋冻得通红。原来，冼星海这么久没回家只是想听听那优美的钢琴声。母亲很愧疚，于是忙到亲戚家去借钱，把冼星海送进了学校。

# 少年鲁迅

　　文坛巨匠鲁迅小时候可是一个出了名的孩子王。有一次，医生到鲁迅的家乡为当地的小孩接种牛痘疫苗。孩子们听说要打针，都怕得要命，只有鲁迅伸出胳膊，接种了疫苗。接种完疫苗后，鲁迅向身后的小伙伴们说："一点儿也不疼。"

　　小伙伴们看到鲁迅轻松的样子，这才排起了长长的队伍，一个接一个地接种了疫苗。

　　鲁迅小的时候不仅勇敢，而且还很爱打抱不平。

　　有一次，一群小孩在一起挖何首乌。不一会儿，其中一个小孩惊呼了起来。大家跑过去一看，只见他挖的何首乌有头有脚，还真像一个刚出生的小娃娃。谁知，就在这时，一个叫黑子的人一把抢走了何首乌，气得那个小孩坐在地上大哭起来。

　　后来，鲁迅知道了这件事，就跑到黑子家，用木炭在他家的院墙上画了一幅黑子的大头像，并在上面写道："猪头不要脸，抢走何首乌。谁擦这幅画，谁是大猪头。"

　　从此，大家只要路过这里都会哈哈大笑。黑子没有办法，只好交出了何首乌，并向那个小孩道了歉。

古代气象学家沈括

为什么夏天热？为什么冬天冷？为什么夏天经常下雨？为什么冬天会下雪？这些现在看似很简单的问题，在古时候却困扰着很多人。这其中就包括儿时的沈括。

一天，沈括的母亲教他背诵白居易的诗。当他听到"人间四月芳菲尽，山寺桃花始盛开"时，就忙叫母亲停下来："娘，你念错了，桃花在四月就凋谢了，为什么山上的桃花还在开呢？难道寺庙里有神仙吗？"

母亲听了，笑着回答道："娘没念错。白居易的这首诗就是这么写的，之所以出现山上的桃花四月开，那是因为山上的气温比山下低，山上的春天来得晚，所以桃花开得迟呀。"沈括听了，冲着母亲做了一个鬼脸，却没有点头，他觉得只有亲自去山上看一看，才能辨别真伪。

说干就干，第二天一大早，沈括便和几个小伙伴来到了山上。看到山上四处盛开的桃花，沈括满意地点了点头，相信了母亲说的话。

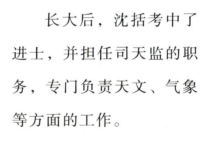

长大后，沈括考中了进士，并担任司天监的职务，专门负责天文、气象等方面的工作。

经过九年的刻苦努力，他将自己的研究成果编写成了《梦溪笔谈》一书，这本书被称为"中国科学史上的坐标"。

爱讲故事的小冰心

冰心是中国著名的女作家，她写的散文、诗歌清新淡雅，深受读者喜爱。你知道吗？冰心的成才还与她儿时爱听父亲讲故事有关呢。

冰心小的时候，身为海军将领的父亲常常给她讲故事。有一次，父亲用低沉的语调给小冰心讲了一个真实的故事：

那时，清政府为了加强海防，不得不花巨资向洋人购买军舰。舰船造好了，清政府派人去英国接收。由于当时清政府没有国歌，在举行接收仪式时，对方竟然演奏了一首《妈妈好糊涂》的调子作为中国的国歌。清政府派去的人丢尽了脸面。

小冰心听着听着，发现父亲已经泪流满面了。她忙找来手绢给父亲擦拭，并安慰父亲说："爹，等我长大了，一定要把国家建设好，不再让洋人看我们的笑话。"父亲听后，欣慰地笑了。

从此，小冰心刻苦学习，并阅读了大量的英雄故事。其中，小冰心最喜欢《三国演义》，七岁的时候，她已经能完整地讲述里面的所有故事了。

一次，父亲带着小冰心去参观军舰。水兵们听说来了一个会讲故事的小女孩，纷纷要求小冰心讲个故事给大家听。于是，小冰心便给他们讲《三国演义》。水兵们听得入了迷，小冰心只好饿着肚子给大家讲了整整一天，成为大家心目中的故事大王。

乱弹琴的贝多芬

　　世界著名音乐大师贝多芬出身于一个音乐世家，他的父亲是一名宫廷歌手，能弹奏钢琴，会唱歌，是当时颇有名气的音乐家。由于长期受到宫廷陈规的束缚，所以颇有音乐才华的父亲把自己毕生的精力都放在了儿子贝多芬的身上，希望他能实现自己的梦想。为此，父亲对年幼的贝多芬要求特别严格，总是把他的课程表排得满满的。

　　贝多芬虽然酷爱音乐，但对父亲呆板的教育方式和枯燥的音乐知识很反感。他希望自己能成为一个创作型的音乐家，为大家谱写世界上最动听的歌曲。

由于志向不同，父子俩常常闹别扭。有一次，贝多芬灵感泉涌，他不顾父亲的极力反对，大胆尝试用自己的方式演绎音乐。

当父亲听到古怪的乐曲声响起的时候，大发雷霆，对贝多芬大声呵斥道："你弹的是什么曲子，怎么从来没听过，你是不是又在乱弹琴了？"而此时的贝多芬完全沉浸在自己的创作意境中，根本无暇理会父亲的呵斥。

父亲最终还是被贝多芬坚定的信念折服了，他放弃了自己强加给贝多芬的意愿，不再干涉他的音乐创作了。贝多芬由此走上了放飞梦想的道路。

不信神灵的哥白尼

波兰著名天文学家哥白尼，十岁的时候就失去了父亲，此后和舅父生活在一起。由于舅父在教会里担任主教，所以哥白尼从小就有机会接触到许多天文学方面的知识。

有一次，哥白尼独自一人在阳台上看天上的繁星。舅父看到后，高兴地说："哦，我可爱的孩子，你真是一个虔诚的基督徒，是不是又在向上天祈祷了？"然

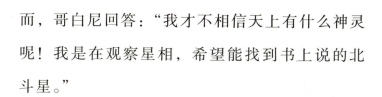

而，哥白尼回答：“我才不相信天上有什么神灵呢！我是在观察星相，希望能找到书上说的北斗星。”

舅父听了哥白尼的话，一下子变得严肃起来，他认为哥白尼说的话全都是些大逆不道的言论，是要遭天谴的。于是，他训斥哥白尼：“你好大的胆子，小小年纪就敢违背教皇的旨意，我看你一定是被魔鬼附体了。”

哥白尼听了，对舅父解释说：“天上都是一些自由运行的天体，怎么会有神灵呢？”舅父见哥白尼如此固执，气呼呼地走了，从此和哥白尼断绝了关系。然而，这丝毫没有改变哥白尼的想法。

哥白尼通过观察研究，提出了著名的“日心说”，挑战了当时罗马教皇宣扬的“地心说”的权威，给人们开启了一扇科学认识世界的大门。

雕塑家罗丹

　　法国著名的雕塑家罗丹，他的主要作品有：《伤鼻的男子》《青铜时代》《地狱之门》《亚当》《夏娃》《加莱义民》《吻》《巴尔扎克》《圣约翰的说教》《雨果》等。其中，他的雕塑作品《思想者》是世界雕塑史上的经典作品。

　　罗丹出身于法国巴黎的一个基督教家庭。他的父亲是一名警务信使，母亲是穷苦的平民妇女。罗丹从小喜爱美术，常常收集包装盒，并临摹包装盒上的精美图案。他临摹的动物和小人惟妙惟肖，大人看了也连连称奇。

十四岁的时候，他的父亲把他送进了一所美术学校学习绘画和雕塑。在学校里，罗丹不仅非常刻苦，而且十分虚心。

有一次，罗丹正在为雕塑一棵像样的大树而苦恼。这时，一个工匠从这里路过，他告诉罗丹："你如果在叶子上下一番工夫就很好了。"工匠的话说中了要害，罗丹立即向工匠请教雕塑技法。

工匠告诉他："叶子的形状是多种多样的，而你雕刻的叶子太死板，看来看去好像只是一片树叶。"

罗丹一下子明白过来，马上进行修改。没过多久，一棵生动传神的大树就出现在他们面前。罗丹和工匠看后，都开心地笑了。

勤奋的李斯特

李斯特是 19 世纪匈牙利最伟大的钢琴家。

李斯特是在父亲的钢琴声中长大的，他常常被优美的旋律所吸引，久久地沉浸在音乐的海洋里不能自拔。有时听到动情处，李斯特还会随着音乐的节奏翩翩起舞。人们见他小小的年纪就如此懂得音乐，都感到不可思议。在父亲的悉心指导下，李斯特从小就刻苦练习钢琴弹奏技法，常常废寝忘食，忘记时间。

九岁的时候，李斯特在当地已经是一个小有名气的音乐家了。不久，李斯特靠着天赋和后天的勤奋在当地的一家剧院举办了个人演奏会，引起了不少音乐家的关注。

在很短的时间内，李斯特就在钢琴演奏上取得了不小的成绩，这让父亲信心倍增。于是，他决定把李斯特送到"音乐之都"维也纳去深造。为此，父母变卖掉全部家产，供李斯特去维也纳求学，自己住进了乡下的旧房子，过着拮据的生活。

在维也纳期间，李斯特没有辜负父亲的期望，他四处请教有名的钢琴家，终日练琴，从不间断。

三年后，十二岁的李斯特在维也纳举办了平生第二次个人演奏会，获得了巨大的成功。

从此，来听李斯特演奏的人络绎不绝，还常常让他临时加演曲目呢。

 # 达尔文的童年故事

伟大的生物学家达尔文一生中最重要的著作是《物种起源》，这本书开启了科学探索生物起源的大门，具有跨时代的意义。

达尔文小时候求知欲非常强，总喜欢问一些连大人都难以回答的问题。

有一次，达尔文和母亲去郊游，当他看到奶牛在吃草时，便问母亲："妈妈，你能告诉我草是从哪儿来的吗？"

母亲回答说："草当然是从地里长出来的，如果没有大地的滋养，你就看不到它们了。"

达尔文听妈妈这么一说，微微点了点头，接着他的第二个问题又来了："那么，小牛也是从地里长出来的吗？"母亲听了哈哈大笑："不对，小牛是母牛生的，它不会从地里长出来。"

达尔文又继续追问道："那母牛又是怎么来的呢？"母亲见达尔文要刨根问到底，只好说："母牛是小牛的外祖母生的，要知道，这一切都是上帝的安排。"

那上帝又是从哪儿来的呢？

达尔文听了，仍不肯放过母亲，他接着问："那上帝又是从哪儿来的呢？"母亲听了，只是对他笑了笑，没有作出回答。

长大后，达尔文开始了对物种起源的探究，并取得了举世瞩目的成就。

勤奋的居里夫人

居里夫人是世界著名的化学家和物理学家，曾两次获得诺贝尔奖，化学元素镭就是她发现的。

居里夫人原名玛丽·斯克沃多夫斯卡，很小的时候，她的祖国波兰就被沙皇俄国占领了。怀着对祖国深深的爱，她决心好好读书，将来报效祖国。在这种志向的激励下，玛丽学习比

谁都用功，不管是文学、数学，还是历史、自然，她总能考全班第一名。然而，玛丽的表姐很忌妒她的才华，处处和她作对，常常带着弟弟妹妹来她的房间玩，干扰她学习功课。

有一次，看到玛丽在很专注地看书，她的表姐便想出了一个恶作剧：她把一根针插在玛丽坐的椅子背上，只要玛丽一抬头，就会被长长的针刺到。

一个小时过去了，玛丽居然纹丝不动，仿佛忘记了屋子里还有其他人。为了让玛丽尽快动起来，表姐假惺惺地跑到玛丽面前，邀请她和自己去买书。

谁知玛丽听后，头也不抬地回答了一句："对不起，我要看书！"

发现吊灯秘密的伽利略

伽利略是意大利著名的物理学家和天文学家，在力学、数学等众多领域都有卓越的成就。他提出的自由落体定律以及他发明的空气温度计、望远镜等为人类文明进步作出了不可估量的贡献，具有划时代的意义。

伽利略过人的才华在他的童年时代就已经显露出来了。他从小爱好广泛，弹琴、下棋、绘画，无所不通，尤其热衷于观察各种物理现象，并喜欢通过实验的方法来解释其中的奥秘。

有一次，伽利略去附近的教堂做礼拜。当他跨进教堂时，一阵大风吹来，天花板上的吊灯随着风剧烈地晃动起来。伽利略望着吊灯，想起了著名科学家亚里士多德曾说过：单摆经过短弧的速度要比经过长弧快。然而，随着吊灯的摆幅越来越小，伽利略隐约地感到亚里士多德的理论有可能出错了。因为他计时后发现，吊灯往返一次所耗费的时间几乎一样。

发现这一现象后，伽利略赶紧跑回家做实验。经过反复实验，他得出了这样一个结论：物体摆动所用的时间是由绳子的长度决定的，与物体的重量和摆幅无关。

巴尔扎克童年的故事

杰出的批判现实主义作家巴尔扎克生于法国。

小时候，巴尔扎克的父亲为了让他长大后能成为一名大律师，常常给他灌输大量的法律知识，希望他专心学习法律。然而，巴尔扎克非常喜欢文学，对枯燥的法律一点兴趣也没有。

有一天，父亲发现巴尔扎克又在偷偷看文学书，便生气地对他说："读文学书有什么用，

以后只会咬文嚼字，能有什么前途？"

　　巴尔扎克听了，反驳道："如果没用，那你为什么还要看《荷马史诗》？"

　　父亲说服不了巴尔扎克，便给他下了最后通牒："我给你两年时间，如果你在文学领域没有任何进展的话，那你就必须学习法律。"此后，巴尔扎克利用宝贵的学习时间，来往于各个图书馆，努力学习文学知识。一次，他竟一连三顿饭都忘记吃了，晕倒在图书馆里。顽固的父亲见儿子这么热爱文学，最终不得不改变自己的初衷，同意他钻研文学。

　　巴尔扎克一生创作了大量的文学作品，如《朱安党人》《人间喜剧》等，为 19 世纪死寂的欧洲文艺注入了新鲜血液，开创了批判现实主义文学的新时代。

学画鸡蛋的达·芬奇

达·芬奇是文艺复兴时期伟大的艺术家，他出生在意大利佛罗伦萨。童年时代的达·芬奇爱好非常广泛，其中最喜欢的就是画画。

有一次，达·芬奇的父亲见墙上有一只蟑螂，连忙去拍打，结果，这只蟑螂竟是达·芬奇画的。父亲见儿子如此热爱绘画，就放弃了让他成为律师的愿望，支持他画画。

达·芬奇十四岁的时候，他的父亲把他送到画家费罗基俄那里，让他潜心学习绘画。为了让达·芬奇打好基本功，老师让他每天练习画鸡蛋。起初，达·芬奇非常用功，认真画好每一个鸡蛋。

日子一久，他便对画鸡蛋厌倦了。老师知道后，告诉他："画鸡蛋虽然看起来很简单，但如果光线或者角度变了，那就很难画好了。"

听了老师的话，达·芬奇立即换了一个角度，鸡蛋竟变成了一个小圆圈，他一时竟不知道该怎么下笔了。达·芬终于明白了老师的良苦用心。从此，他再也不闹情绪了，坚持每天画鸡蛋，而且一画就是三年。

三年过后，达·芬奇的绘画技艺有了很大长进，他的画线条流畅、色调柔和，老师看了也不得不佩服。后来，达·芬奇创作了《最后的晚餐》《蒙娜丽莎》等一批优秀作品，成为世界画坛巨匠。

"轮船之父" 富尔顿

　　富尔顿是美国著名的工程师，世界上轮船的首创者。1807 年的一天，随着汽笛声响起，世界上第一艘蒸汽机轮船"克莱蒙特"号挣脱缆绳，驶向大海。这标志着人类从此告别了靠风帆和划桨前行的航海时代。

　　富尔顿出生在美国一个贫苦的农民家庭。由于家境贫穷，父母根本就没有钱供他上学，所以他读书很少。富尔顿从小就爱思考，常常因为一些小事而苦思冥想，刨根问底。

说起富尔顿建造的"克莱蒙特"号轮船，竟源于他小时候的一次偶然经历。

那次，富尔顿和父亲划船到临近的城市买东西。由于逆流而上，所以划得特别吃力。当小船到了河口的时候，水流十分湍急，要不是父亲让船及时靠岸，他们恐怕就会和船一起被河水冲走了。上岸后，富尔顿对父亲说："如果船能像马车一样行驶就好了。"

父亲听了，笑着说："用脑子好好想一想，怎样才能让船像马车一样行驶呢？"富尔顿听了，暗自许下一个心愿：将来一定要建造一艘不用风帆和船桨就能行驶的大船。

长大后，富尔顿为了实现儿时的梦想，废寝忘食，终于把这一心愿变成了现实。

莎士比亚的童年故事

世界著名的戏剧大师莎士比亚出生于英国伦敦。他的父亲希望他长大后能成为一名德高望重的牧师。

在莎士比亚很小的时候，父亲就把他送进了一所贵族学校读书。不幸的是，父亲的心愿在莎士比亚十三岁的时候就破灭了。

由于货币贬值，父亲苦心经营的商店倒闭了，父亲再也没有能力为莎士比亚支付昂贵的学费，莎士比亚不得不退学回

家。不过，家庭的突然变故并没有影响酷爱学习的莎士比亚，他总是利用一切机会勤奋学习。

有一次，莎士比亚有幸观看了当时有名的女王歌剧团的演出。从此，莎士比亚对戏剧产生了浓厚的兴趣。他经常邀请小伙伴们一起来家里排练戏剧，并试着写一些简单的剧本。

起初，他们只是在家里演出，后来，他们把简陋的舞台搬到了公园里，吸引了许多人来观看，大家都对这群孩子的精彩表演赞叹不已。

从此，莎士比亚就走上了戏剧创作之路，并为后世留下了许多经典名剧，如《罗密欧与朱丽叶》《哈姆雷特》《威尼斯商人》等。

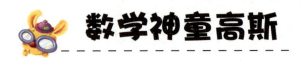

数学神童高斯

高斯是德国杰出的数学家。他出身在一个小职员家庭，一家人挤在一间不足十平方米的小房间里生活。

有一次，高斯遇到了一道数学难题，弄得他怎么也睡不着觉。他想起来继续解题，但又怕点灯影响家人休息。怎么办呢？想来想去，高斯想到了一个好办法。他取来一根大萝卜，把它挖空，然后用墨汁涂成黑色，接着把油灯放到里面，背对着家人的床。这样一来，家人就不会受影响了。

正是靠着这股刻苦的拼劲儿，高斯取得了巨大的成就。

　　有一次，老师给同学们出了一道看似简单却又很难的数学题：把从 1 到 100 的数字依次相加，结果是多少？

　　这道数学题难住了不少人，有些同学实在想不出解题的好办法，只好老老实实地把这些数字挨个相加。高斯只用了一分钟，就算出了正确答案。老师知道后，简直不敢相信这是真的，就问他是怎么算的。

　　高斯不慌不忙地解释说："1 加 100 得 101，2 加 99 也得 101，这样类推下去，从 1 到 100 的数字中一共有 50 个 101，那么只需要用 101 乘以 50 就可以得到答案 5050 了。"

　　老师和同学们听了，无不称赞高斯是数学天才。

痴迷绘画的门采尔

门采尔是德国著名的画家，也是世界著名的素描大师。他从十三岁开始学画，一生中共创作了七千多张素描、一万五千多幅速写。这些数量庞大的作品，是他勤奋和智慧的结晶。

门采尔不管走到哪里，总是随身带着绘画工具。在大街小巷、乡村田野、河畔山顶，处处可以看到他挥笔作画的身影。

门采尔从小痴迷绘画，只要遇见自己喜欢的东西，就会用随身带着的铅笔立即把它们画下来。

有一次，门采尔坐在一块石头上专心致志地画来来往往的行人。有好一阵，门采尔看见过路的行人从他身边走过时都捂着鼻子，低头一看，才发现自己正坐在一条臭水沟旁。

　　还有一次家庭聚会，父母的许多朋友都赶来参加。一位客人在为大家演唱歌曲的时候，门采尔不时拿着一个本子在台下来回奔跑，大家很不理解，直到门采尔笑呵呵地把自己的画展示出来，客人们才明白过来。

　　原来，门采尔在台下来回奔跑是为了抓住观众和演唱者稍纵即逝的表情。因此，很多人都说门采尔得了"绘画狂想症"。

　　门采尔知道后不但不生气，还得意地告诉人们："如果我这个病永远也治不好就太好了。"正是靠着这种毅力，门采尔最终成了一位令人仰慕的大画家。

莫泊桑拜师

莫泊桑是法国著名的批判现实主义作家，他一生共写了三百多篇短篇小说和六部长篇小说，其中《羊脂球》是他的代表作之一。

九岁的时候，通过启蒙老师布耶的引见，莫泊桑认识了当时大名鼎鼎的作家福楼拜。福楼拜看了莫泊桑的作品后，并没

有激动，而是冷静地对莫泊桑说："我不能不承认你是一个很有文学天赋的孩子，但我还想告诉你的是，真正有才华的人，不仅仅是靠与生俱来的天赋，更应该有顽强的毅力。希望你能成功。"

　　莫泊桑听了福楼拜的话，立即掏出本子在上面写下了自己的座右铭：真正的成功属于那些有毅力而又勤奋的人。

　　有一天，福楼拜为了考察莫泊桑的能力，便带他去一家商店买东西。回来后，他叫莫泊桑写一首诗，但有一个很苛刻的要求：诗里面要把刚买的商品都写进去，全诗只能出现一个动词、一个形容词，而且还要创新一个词汇。

　　这的确很难，但莫泊桑并没有被困难吓退。经过一个多星期的反复修改，莫泊桑把写好的诗送到福楼拜的面前，福楼拜看后拍案叫绝，并从此正式向他传授写作技巧。

 # 圆飞天之梦的莱特兄弟

1903 年 12 月 17 日，威尔伯·莱特和奥维尔·莱特兄弟俩研制的飞机在美国首飞成功，成为世界上第一架飞上天空的飞机。莱特兄弟从小就是一对好搭档，他们总在一起想一些古怪的问题，总在一起做一些让人意想不到的事情。

有一次，为参加一年一度的冬季爬犁比赛，兄弟俩带着精心设计的小爬犁来到山顶。大家一见都大笑不止，说他们的爬犁太古怪了。

在比赛过程中，莱特兄弟为了减少风的阻力，采取了卧在爬犁上的姿势。大家看到兄弟俩怪异的姿势，都觉得不可思议。

比赛结果出人意料，莱特兄弟居然获得了冠军。

还有一次，他们的父亲从外地出差回来，送给他们俩一人一件"飞蜻蜓"玩具。"飞蜻蜓"的构造十分简单：它由一根棍子和三片扇叶组成，下面绑着一根橡皮筋，只要拧紧橡皮筋，向上一松手，"飞蜻蜓"就能升到天上去。

"到底是什么力量把'飞蜻蜓'送上去的呢？"从此，这个问题成了兄弟俩争论不休的话题。正是这些争论让他们碰出灵感的火花，终于研制出世界上第一架飞机。

"小小计算器"安培

　　著名的物理学家安培出生在法国里昂，他从小就对数字很敏感，就像一个小小的计算器。安培七岁的时候，已经熟练地掌握了加、减、乘、除等运算方法。他不用草稿纸，就可以直接在心里默算得出准确答案。

　　有一天，在回家的路上，安培突然想起一道难题，便立即用泥块在路边的一块"黑板"上算起来。写着写着，"黑板"突然移动起来。他这才发现，原来"黑板"是一辆马车的挡板。

　　正是凭着这股痴迷劲儿，安培长大后发现并总结出了"右手定则"和"安培定律"。后来，人们为了纪念安培，便以他的名字作为电流强度的单位。